Der Autor P. Zadar

wurde 1954 im Brandenburgischen geboren.

Er führte ein bewegtes
und bewegendes Leber

Ich bin manisch-depressiv. Als ich begann, diesen Text zu verfassen, war ich in einer schweren depressiven Phase. Da wollte ich raus. Ich habe mir alles von der Seele geschrieben. Es mußte alles raus, damit es mir besser gehen kann.

Teilweise habe ich das erreicht. Einige Aggressionen konnte ich verbal abarbeiten. Doch die Vergangenheit ist real und kann nicht mehr verändert werden. Diese Einsicht hilft mir.

Ich danke meinen Kindern und meiner Partnerin für die Zuneigung, die sie mir entgegenbringen. Ohne ihre Hilfe wäre ich heute nicht da, wo ich jetzt bin.

Meiner Lektorin danke ich für ihre Geduld und ihr Einfühlungsvermögen.

Ähnlichkeiten mit real existierenden Personen oder Situationen sind rein zufällig.

Peter Zadar

Das . . . . . .

kann jeden

. . . . treffen

. . . . .mein Herz,
das immer wieder zerbrach

© 2014 – Peter Zadar

Umschlaggestaltung, Illustration: Peter Zadar

Lektorat: Inger van Paalen

Verlag: tredition GmbH, Hamburg

ISBN: 978-3-8495-7870-1

Printed in Germany

So fängt alles an:

Die wahre Geschichte
eines psychisch Kranken
und wie es dazu kam.

Ich bin in Neuruppin geboren. Damals war Otto Herms Bürgermeister in einer der flächengrößten Städte Deutschlands, 60 km von Berlin entfernt. Die Stadt hatte viele berühmte Söhne und Töchter hervorgebracht. Zum Beispiel erzählte Theodor Fontane in den „Wanderungen durch die Mark Brandenburg" von seinem Geburtsort. Weltbekannt war Neuruppin durch die teils handkolorierten „Bilderbogen" von Johann Bernhard Kühn und seinem Sohn Gustav. Und der meisterhafte Orgelbauer Albert Hollenbach errichtete hier 1877 seine Werkstatt.

Neuruppin wurde durch die Greueltaten der Nazizeit arg gebeutelt. Die Landesirrenanstalt und ein provisorisches Gefängnis in einer stillgelegten Brauerei dienten der Aktion T4 als Zwischenstation für die Tötungsanstalten Brandenburg und Bernburg. - Vor der Zerstörung der Stadt durch die sowjetischen Truppen retteten Unbekannte die Stadt durch weiße Fahnen an den Türmen der Kloster- und der Stadtkirche.

Dafür baute die Gruppe der sowjetischen Streitkräfte den Militärflugplatz nördlich der Stadt stark aus, was zu einer erheblichen Lärmbelästigung führte. Schon 1951 wurden in Neuruppin die Elektro-Physikalischen Werkstätten (EPW) gegründet, die sich zum größten Leiterplattenhersteller der DDR entwickelten.

Meine Eltern

Meine Eltern hatten sich nach dem Krieg bei der Arbeit im Neuruppiner Konsum kennengelernt.

Mein Vater, der 1924 in Brandenburg geboren wurde, arbeitete als Kraftfahrer. Meine Mutter, 1926 in Königsberg geboren, war bei der Flucht mit den Eltern zunächst hier gelandet. Von dem großen Gut in Ostpreußen, wo meine Mutter als Hausangestellte gearbeitet hatte, waren sie in den letzten Kriegswirren vertrieben worden. Und so war sie froh über die neue Arbeit als Verkäuferin.

Ihre Eltern zogen mit den beiden jüngeren Söhnen weiter in den Westen. Die Liebe hielt meine Mutter in Neuruppin fest.

Gegensätze ziehen sich an, so sagt man wohl. Meine Eltern waren grundverschieden. Meine Mutter war sehr christlich erzogen und diese sehr stark konservative Einstellung prägte ihren Charakter. Für meinen Vater spielte Religion keine wichtige Rolle.

Nach seiner Ausbildung als Kraftfahrzeugschlosser war er Kraftfahrer geworden. Autos
waren seine große Leidenschaft. Dieses Gen gab er
an mich weiter. Trotz seines Berufes trank er gern
und viel Alkohol. Ich glaube, er kompensierte
diese Schwäche mit seinem Putzfimmel. Man kann
auch sagen, er hatte einen Sauberkeitstick.

Nachdem sie eine Wohnung gefunden hatten,
heirateten meine Eltern. Nach einigen Fehl-
geburten kam ich am 22. Oktober 1954 auf die
Welt. Meine Mutter blieb zunächst zuhause.

Wie ich da war, fing alles an:

Auf unserem großen Hinterhof hielt mein Vater ein Hühnervolk. Zu unserem Haushalt gehörte auch ein Hund – ein Spitz. Meine Mutter stellte den Kinderwagen oft auf den Hof und setzte mir meistens ein rotes Mützchen auf. Das veranlaßte unseren Hahn, auf den Wagen zu fliegen. Dann hackte er mir auf dem Kopf herum. Ich schrie, meine Mutter stürzte nach draußen und verjagte den Hahn. Dies konnte auf die Dauer nicht gutgehen. Mein Vater schlachtete den falsch programmierten Hahn und er kam in den Kochtopf.

„Vielleicht hatte die Pickerei späte Folgen?"

Ich wurde in der Klosterkirche in Neuruppin getauft. Mein Leben wurde durch meine christliche Mutter stark geprägt. Schon von klein auf war der sonntägliche Kirchgang ein Muß.

Als ihr drittes endlich lebendes Kind war meine Mutter sehr auf meine Gesundheit bedacht. So mußte unser Hund aus dem Haus, weil er mir oft etwas aus der Hand klaute oder mich abschleckte. Ich war über den Verlust traurig und habe ihn sehr vermißt.

Wurde ich so zum "Querkopf"?

Es gab strenge Regeln zuhause. Oft zwang mich meine Mutter zu Dingen, die ich nicht wollte. Meine Mutter hatte sich wohl ein Mädchen gewünscht. Mein süßer Lockenkopf kam ihr da sehr entgegen. Auf sämtlichen Kostümfesten wurde ich als Mädchen verkleidet. In Erinnerung ist mir ein Kostüm, wo ich als Schneeflocke im Kindergarten auftrat. Das alles war für mich eine Demütigung, die ich bis heute nicht vergessen habe..

Je älter ich wurde, desto weniger Zeit hatten meine Eltern für mich. Sie gingen immer nur arbeiten – auch meine Mutter wieder. Ich empfand das Alleinsein als schrecklich. Mit zweieinhalb Jahren kam ich in eine Tagesstätte. Das gefiel mir aber gar nicht. Ich wäre lieber bei meinen Eltern geblieben.

Für meine Mutter war es jeden Morgen ein Kampf, mich wegzubringen. Ich hatte bald einen kräftigen Sturkopf entwickelt und weigerte mich, in die Betreuungsstätte zu gehen. Doch ich verlor jedesmal. Und so versuchte ich immer öfter, doch meinen Kopf durchzusetzen.

Trotzdem war meine Kindheit eine schöne Zeit. Mein Opa wohnte auf der gegenüberliegenden Straßenseite. Opa und ich spazierten oft zu dem Schrebergarten meiner Eltern direkt am See. Ich lernte von ihm, wie man Steine über das Wasser springen läßt. Er las mir Märchen vor. Ab und an ruderten wir mit dem Boot auf den See hinaus, beobachteten die Enten und Schwäne, die gern unser Futter nahmen. Ich erinnere mich, daß er mich mit Malzbier verwöhnte, was mir sehr schmeckte. An meinem Opa hing ich. Ich hatte ihn in mein Herz geschlossen. Leider war das nicht von Dauer.

Als ich vier Jahre alt war, starb mein geliebter Opa. Und damit verlor ich den ersten Menschen, den ich richtig lieb hatte und der immer für mich da war.

In den Ferien brachten mich meine Eltern zu Tante Lene – einer Cousine von meinem Vater - und Onkel Otto. Sie hatten einen kleinen Bauernhof. Dort fühlte ich mich so wohl. Es gab jede Menge Tiere: Schweine, Hühner, Gänse. Zwei Pferde hatten sie auch. Damit durfte ich mit meinem Onkel aufs Feld. Das war ganz toll.

Ich war den ganzen Tag an der frischen Luft. Wir machten oft eine Pause. Dann kam Tante Lene aufs Feld und brachte uns etwas zu essen. Für mich gab es leckeren Kakao und eine Scheibe frisches Brot mit Schmalz, was ich gerne mochte. Vor allem habe ich gerne bei Tante Lene ihre Königsberger Klöße gegessen. Sie war eine hervorragende Köchin.

Es war wirklich schön bei Onkel und Tante. Sie waren immer für mich da und ich bekam von ihnen, was ich von meinen Eltern nicht kannte: nämlich Zuwendung.

Leider war die schöne Zeit immer schnell vorbei. Mein Vater holte mich ab, wenn er mit dem Lkw durch Ginbtow kam. Es lag auf der Strecke, wenn er nach Hause fuhr. Ich wollte gar nicht, daß er mich mitnahm. Wenn ich seinen Lkw hörte, versteckte ich mich so gut, daß mich keiner fand. Und dann konnte ich zwei Tage länger bleiben. Bis er das nächste Mal vorbei kam.

Es war für mich so schön dort, daß ich am liebsten ganz dort geblieben wäre. Ich war davon überzeugt, daß es meinen Eltern egal war, ob sie mich hatten oder nicht. Und ich freute mich schon auf den nächsten Besuch bei Tante Lene und Onkel Otto.

1959 legte man mir eine kleine Schwester in die Wiege. Ich wollte lieber einen Bruder. Dem wollte ich dann alle meine Missetaten in die Schuhe schieben. Ich überlegte, wie auch eine Schwester von Vorteil sein könne und benutzte sie, als wäre sie ein Bruder.

Meine Schwester tat immer, was ich wollte. Zum Beispiel sollte ich ein Glas Blaubeeren aus dem Keller holen. Ich schickte meine zweijährige Schwester. Die war damit natürlich überfordert, stolperte auf der Treppe. Das Glas zerbrach und auch ihr hübsches Kleid war hin. Meine Schwester weinte und ich bekam eine Tracht Prügel.

Im „goldenen Westen"

Als ich zur Schule mußte, starb mein Opa im Westen. Wir bekamen noch eine Ausreisegenehmigung und fuhren zur Beerdigung nach Gronau-Rocklage. Auf Anraten der Verwandtschaft beschloß Mutter, mit uns Kindern hier zu bleiben.

Im goldenen Westen besaßen wir nichts. Wir waren wie ausgebombt. Und so fingen wir nochmals von vorne an. „Aller Anfang ist schwer". Wir lebten bei meinem Onkel.

Die Verwandtschaft kannte ich nicht. Das fand ich „Scheiße". Meine geliebten Verwandten blieben ja auf der anderen Seite des „Eisernen Vorhangs". Mir fehlten vor allem Tante Lene, Onkel Otto, deren Kinder und die Tiere, die ich so liebte. Da hatte ich doch die meiste Zeit verbracht, weil meine Eltern nur gearbeitet hatten. Ich hatte mich doch immer versteckt, wenn ich zurück nach Hause sollte.

Meine Entwicklung „im Abseits"

Jetzt ging es für mich bergab. Wo wir jetzt wohnten, gefiel es mir nicht. Es war alles so fremd. Ich hatte Sehnsucht nach meiner alten Heimat. Wir wohnten in nur einem kleinen Zimmer. Im Sommer war es zu warm und im Winter kalt mit Eiszapfen an den Fenstern.

Nachdem mein Vater es geschafft hatte, zu uns zu kommen, lebten wir zu viert in diesem kleinen Zimmer. Es war nicht schön! Durch gute Beziehungen hatte mein Vater nach einem halben Jahr nachkommen können. Zum Glück, denn die Berliner-Mauer war damals fast fertig.

Tante Änne und Onkel Jopp hatten fünf Kinder, um die sich alles drehte. Auch meine Eltern kümmerten sich mehr um diese fünf als um meine Schwester und mich. Bei Gesellschaftsspielen zu viert wurde ich immer ausgeschlossen und mußte zusehen. Beim Versteckenspielen durfte ich zwar mitmachen, gesucht hat mich aber niemand. Mich gab es nur im Hintergrund. So wie immer!

Zu dieser Zeit wurde der Begriff Alkoholismus schon früh für mich real. Die beiden Zwillingsbrüder meiner Mutter soffen um die Wette. Da hielt mein Vater natürlich kräftig mit. Schlimm war, daß er jetzt auch Schnaps trank, der ihn aggressiv machte. Der ganzen Verwandtschaft machte es Spaß, dieses Verhalten zu fördern. Es führte oft zu Pöbeleien und auch Prügeleien. Meine „christliche" Mutter versuchte auszugleichen und zu schlichten, was ihr selten gelang.

Es waren aber nicht nur die Aggressionen in der Verwandtschaft. Mein Vater drangsalierte inzwischen auch meine Mutter und verprügelte sie mehrfach. Das war für uns Kinder grausam. Ich habe unter diesen Zuständen sehr gelitten. In mir wuchs ein ohnmächtiger Zorn und Haß auf meinen Vater, denn ich mußte ja hilflos zusehen.

Ich zog mich mehr und mehr in mich zurück. War häufig niedergeschlagen und lustlos. Ich wußte nicht warum, ich mußte nur immer mit mir kämpfen. Mit meinen Spielgefährten wurde der Kontakt immer schlechter, weil sie mit mir nichts anzufangen wußten. Und ich ahnte nicht, daß es noch schlimmer würde in meinem Leben.

Ich meinte es immer nur gut!

In der neuen Schule machte es mir wirklich keinen Spaß. Ich wurde als Brillenschlange beschimpft. Als Flüchtling mit leicht Berliner Dialekt paßte ich nicht in die dörfliche Gemeinschaft und wurde nicht akzeptiert.

Es hieß: „Du kannst ja nix".

Und wenn es Schläge von den Lehrern gab, bekam ich sie – manchmal zu recht.

Ich entwickelte mich zum Klassenclown. Bei allen Streichen war ich die führende Kraft. Wenigstens da erfuhr ich Anerkennung.

Weil ich es immer nur gut meinte, führte es zu Irrungen und Wirrungen.

Zu Hause hatte ich ja freie Hand und so brachte ich zum Beispiel zu den Ausflügen Alkohol mit. Die folgenden blauen Briefe unterschrieb ich selber. Ich war ja ein Schlüsselkind.

Es kam der Tag, an dem ich mit der Schule fertig war und der Ernst des Lebens begann. Es war ein neuer Lebensabschnitt für mich. Ja, meine Zeugnisse waren nicht die besten und der Lehrer sagte zu meinen Eltern:

„Peter war nicht immer bei der Sache (= faul)".

Das wußte ich selber. Mir schwebte ein Beruf vor, in dem man sich nicht schmutzig macht. Ich wurde überstimmt wie immer.

Das berufliche Auf und Ab begann

Mein Vater war als Fernfahrer selten zuhause. Meine Mutter war allein für alles zuständig und meinte:

"Mit deinen Noten kannst du nur Kraftfahrzeugschlosser werden."

Mit etwas gutem Willen hätten sich auch andere Möglichkeiten gefunden. Weil meine Mutter es so entschied, wurde ich Kraftfahrzeugschlosser.

So fing ich etwas an, was mir gar nicht gefiel. Als Lehrling mußte ich natürlich nur die schmutzigen Arbeiten tun, die die Gesellen nicht wollten.

Ich lag auch gleich mit einem Altgesellen im Klinsch. Ich wollte nicht „nach seiner Pfeife tanzen". Zu dieser Zeit wurde in der Werkstatt noch mit einem Ölofen geheizt, den ich nachzufüllen hatte. Eines Tages hatte ich wieder eine Auseinandersetzung mit dem Altgesellen. Ich sollte den Ofen befüllen und sein meckernder Ton ärgerte mich. Ich drohte, ihn mit Öl zu übergießen

Er brüllte: „Feigling!"

Das ließ ich mir nicht zweimal sagen - und goß!

Er lief zum Meister. Der lachte. - Doch dann bekam ich meinen Anschiß.

Dieser Altgeselle und ich, wir schmissen uns auch so einiges zu, nicht nur Wörter, was ab und zu schmerzte – bei beiden. Aber ich mußte mich ja beugen.- Lehrjahre sind ja keine Herrenjahre. Das wußte zwar mein Kopf. Der Bauch reagierte oft spontan anders.

Nach zweieinhalb Jahren hatte ich die Schnauze voll und löste den Lehrvertrag auf. – Ich hatte mal wieder „mein Ziel erreicht".

„Was nun kam, war auch Scheiße."

Ich sollte Geld verdienen und bekam eine Arbeit in einer Fabrik, die Bettbezüge herstellte. Ich bediente eine Maschine, die den durchlaufenden Stoff nach Fehlern absuchte. Dort blieb ich, weil ich erst mal Geld für den Führerschein brauchte.

Nach eineinhalb Jahren langte es auch noch für ein eigenes Auto. Ich war stolz wie Oskar. Jetzt konnte ich endlich kündigen, da mir die Arbeit eh zu monoton war. Sie verfolgte mich schon nachts im Traum.

Als stolzer Führerscheininhaber wechselte ich als Auslieferungsfahrer zu einem Getränke-großhandel. Diese Arbeit gefiel mir. Ich konnte den ganzen Tag Auto fahren. Doch nach kurzer Zeit geschah es.

Beim Überholen einer Radfahrerin löste sich eine Eisenstange aus der Seitenplane und traf die Radfahrerin. Diese stürzte, rappelte sich wieder auf, lies ihr Fahrrad im Stich und rannte nach Hause. Mir saß der Schreck in allen Gliedern und ich sauste zu Fuß hinter her. Als ich sie eingeholt hatte, versicherte sie mehrfach, daß ihr nichts fehle. Sie hatte wohl nur einen Schock gehabt. Gott-sei-Dank!

Lange habe ich mich gefragt, wieso die Plane und die Stange sich lösen konnten. Hatte ich sie vielleicht nicht gründlich genug befestigt? Ich konnte jedoch keine Nachlässigkeit feststellen. Meine Aufmerksamkeit bei der Fahrerei war jedoch fürs erste größer geworden. In den nächsten zwei Jahren war ich absolut unfallfrei.

Jugendsünden und die Folgen

Aber ich war jung und liebte auch das Feiern. Meine Schwester und ich fuhren häufig zum Tanzen. Es war für mich selbstverständlich, keinen Alkohol zu trinken, wenn ich fuhr. Nach einem Discobesuch, bei dem ich trotzdem Bier und Cola-Korn konsumiert hatte, fühlte ich mich stark genug und fuhr trotz Protest meiner Schwester mit ihr und dem Auto zurück.

Die Dunkelheit, die regennasse Fahrbahn und wahrscheinlich überhöhte Geschwindigkeit trugen das Auto aus der Kurve. Wir überschlugen uns zweimal. Als ich wieder zu mir kam, war ich eingeklemmt und meine Schwester war verschwunden, sie war aus dem Auto herausgeschleudert worden.

Feuerwehr, Rettungswagen und Polizei waren schon vor Ort. Ich wurde aus dem Auto befreit und fragte nach meiner Schwester.

„Alles in Ordnung, ihre Schwester ist schon auf dem Weg ins Krankenhaus." Dorthin brachte mich auch die Polizei und entnahm eine Blutprobe. Ergebnis: 1,5 Promille.

Inzwischen waren auch meine Eltern einge-
troffen. Der Arzt teilte uns mit, daß meine
Schwester ihre Beine nicht bewegen konnte. Es
bestand der Verdacht auf Querschnittslähmung.

Dieser Schock war für mich schlimmer als der
Führerscheinentzug und der Totalschaden meines
Autos. Nach drei Tagen kam dann die erlösende
Entwarnung und meine Schwester verließ auf
beiden Beinen nach drei Wochen das
Krankenhaus.

Der Richter war der Meinung, daß ich sechs
Monate nicht fahren durfte. Danach konnte ich
meinen Führerschein wieder abholen.

Meine Firma gab mir die Möglichkeit, während
des halben Jahres im Lager zu arbeiten. Da ich kein
Auto mehr besaß, mußte ich in dieser Zeit mit dem
Zug zur Arbeit fahren.

Um anschließend ein neues Auto finanzieren zu
können, brauchte ich einen besseren Verdienst.
Ich begann bei uns im Ort als Fahrer in einer
Holzgroßhandlung. Die Arbeit machte mir Spaß.

Irgendwann geriet ich mit dem Platzwart aneinander. Er teilte die Touren nach seinem Gutdünken ein, was mir nicht immer gefiel. Zum Beispiel: Ich hatte einen Arzttermin, sollte aber fahren, obwohl ich Feierabend hatte. Damit hätte ich den Termin nicht wahrnehmen können und sagte zu ihm:

„Der Schlüssel steckt. Fahr selber!"
„Das hat ein Nachspiel", rief er.

Doch das „ging mir am Arsch vorbei", denn ich wußte den Chef auf meiner Seite. Der war bestens mit mir zufrieden und lobte mich immer. Dadurch wurden diese Dinge immer zu meinem Gunsten geregelt.

Eines Tages passierte noch etwas. In meinem Führerschein war wegen eingeschränkter Sehschärfe eine Begrenzung der Fahrerlaubnis bis 2,8 t eingetragen. Ich hatte meinen Führerschein absichtlich so in die Hülle gepackt, daß dieser Vermerk nicht sichtbar war.

Bei einer allgemeinen Verkehrskontrolle friemelte ein sehr korrekter Polizist den Schein aus der Hülle. Ich war mit einem 7,5-Tonner unterwegs und mir stand schnell der Schweiß auf der Stirn. Ich mußte aussteigen und meinen Chef benachrichtigen, damit jemand anderer den Lkw weiterfuhr. Mein Chef war gar nicht erfreut.

In einem klärenden Gespräch äußerte ich meinen Verdacht, daß die damalige Augenärztin mir nicht wohlgesonnen war und daher für diese Einschränkung in meinem Führerschein gesorgt hatte. Mein Chef schickte mich zu seinem Augenarzt. Denn ich war ja immer unfallfrei auch mit dem größeren Lkw gefahren. Dieser Arzt bescheinigte mir, daß keine Sehminderung vorhanden ist. Mein Führerschein wurde entsprechend geändert. In der Gerichtsverhandlung wurde daraufhin nur eine milde Geldstrafe festgelegt.

Ich blieb vier Jahre in dieser Firma. Dann wechselte ich und wurde Verkaufsfahrer.

Wohin die Sehnsucht nach Liebe und Geborgenheit führen kann ...

Ich war gerade 20 Jahre alt gewesen als ich meinen einzigen Freund kennenlernte. Wir gingen durch dick und dünn. Wir probierten alles was man so macht, wenn man jung ist. Wir gingen auch gern zum Tanzen in die Disco. Es wurde spannend, denn Frauen kamen ins Spiel. Das war für uns beide noch Neuland. Wir lernten viele nette Mädchen kennen. Dann verliebte sich mein Freund zum ersten Mal und nach kurzer Zeit heiratete er die Frau. - Seine Frau zerstörte unsere Freundschaft. Ich verlor meinen besten Freund. Es brach mir das Herz. Für mich war es, als wenn ich ihn zu Grabe getragen hätte.

Ich war wieder allein!

Was nun? Ich erfüllte mir meinen schon lange gehegten Wunsch und kaufte mir einen Sportwagen. Ich war viel unterwegs. Mehrmals besuchte ich mit meinen Eltern Verwandte.

Nach einem Jahr faßte ich den Entschluß: "Für mich muß auch eine Frau her, in die ich mich verlieben kann," und einige Zeit später hatte ich eine tolle Frau gefunden. Wir waren total verliebt. Zu ihren Eltern gab es wenig Kontakt. Sie hatten sie als junges Mädchen in ein Heim abgeschoben. Ihr Bruder war der Prinz in der Familie. Aber wir besuchten meine Eltern oft.

Nach einiger Zeit nahm mich mein Vater an die Seite und sagte:

„Mein Sohn, das ist nicht die richtige Frau für dich! Laß sie laufen."

Diesen Ratschlag schlug ich in den Wind. Ich war blind vor Liebe.

Nach einem knappen Jahr haben wir geheiratet. Ihre Eltern waren gut betucht und bestimmten in diesem Rahmen alles, was damit zusammen hing . Wir wurden nicht gefragt. Aber bezahlen mußten wir allein, obwohl unser Geldbeutel eigentlich dafür nicht reichte. Auch mußte ich zum katholischen Glauben konvertieren.

In meiner Ehe war ich leider nur zu Anfang glücklich. Ich war zu jung, um Verantwortung zu übernehmen. Die Liebe war doch nicht so stark, wie ich dachte. – Leider! – Da ich christlich erzogen war, träumte ich von einer Ehe, in der man durch dick und dünn geht, bis ins hohe Alter. Aber wir hatten nicht die gleiche Vorstellung von unserem Leben.

Ich wollte erst einen guten Grundstock schaffen, auch finanziell, danach an die Familienplanung herangehen. Meine Frau wollte sofort Kinder. Das läuft nicht. Beide sollten in die gleiche Richtung wollen.

Es kamen schnell hintereinander zwei süße Töchter.
Alles war gut! – Friede – Freude – Eierkuchen!
Ich war ein stolzer Vater. Meine Kinder waren einzigartig.

Hätte ich nur früher auf meinen Vater gehört. Er hatte von Anfang an meiner Frau gegenüber Vorbehalte. Ich mußte mir eingestehen, mein Vater hatte Recht gehabt. Was meine Frau gern tat, war telefonieren, dafür um so weniger im Haushalt. Ich hatte nie frische Hemden im Schrank. Die Schmutzwäsche stapelte sich in der Badewanne. Die Tätigkeit „putzen" war ihr unbekannt. Auch die Kinder waren verwahrlost. Sie lagen oft lange mit ihren nassen Pampers im Bett, so daß meine Mutter sich einmischte und sich um unsere Kinder kümmerte.

... in den totalen Absturz

In dieser Zeit wechselte ich oft meinen Job. Zwischendurch war ich auch mehrmals selbständig, zuletzt als Spediteur. Dementsprechend häufig zogen wir oft um. Ich war mit mir selber unzufrieden. Es kam nicht so viel Geld rein, wie wir zum Leben brauchten. Ab und zu half mir mein Vater mit sehr viel Geld aus der Patsche. Das war mir jedoch nicht recht. Ich hatte ihm gegenüber ein schlechtes Gewissen. Er glaubte mittlerweile, ich brächte nie etwas zu Ende und hielt mir des öfteren vor:

„Du kannst ja nichts und hältst nichts durch. Schau dir deine Cousins an. Sie gehen einer geregelten Tätigkeit nach und arbeiten hart fürs Geld!"

Das mußte ich mir schon mein ganzes Leben lang anhören. Diese Sprüche ließen mich kalt. Es gab heftige Auseinandersetzungen und keine Einsicht auf meiner Seite. Ich ging meinen eigenen Weg, den ich für richtig hielt.

Und so kam die Zeit, wo ich nicht mehr wußte, wie es weiter gehen sollte.

Da kam mir ein Gedanke. Du kennst ja noch einen alten Bekannten, der immer flüssig war, zwar nicht auf legale Art. Aber das schnelle Geld lockte. Also verschoben wir gemeinsam geklaute Autos in andere Länder, wo sie keiner fand. Ich war mir sicher, das geht schon gut. Doch es kam anders. Wir wurden erwischt, als wir gerade einen schönen Sportwagen knackten. Uns tippte jemand auf die Schulter und fragte:

"Was macht ihr denn hier?"

Wir sahen fassungslos die Polizisten an. Es folgte in Handschellen die Verhaftung. Auf dem Revier stellten sie unsere Daten fest und erstatteten Anzeige. Danach durften wir gehen und ich war wieder „arbeitslos" bis zur Verhandlung nach drei Monaten. Wir wurden verurteilt. Ich bekam dreiviertel Jahr wegen Mittäterschaft, weil ich noch nicht vorbestraft war. Das rechnete der Richter an. –

Dann wurde ich in den Knast eingewiesen. Für mich brach eine Welt zusammen. Ich träumte, daß ich beim Teufel persönlich war. Ich war so hilflos: Mein Stolz wurde mir genommen. Ich mußte sich total entkleiden, alle Wertsachen abgeben, und kam dann zur Untersuchung zum Arzt. Am entwürdigsten war die Untersuchung im After.

Danach wurde ich in eine Zelle geführt. Ich teilte diese mit einem Häftling, der mir schon beim ersten Anblick unsympathisch war. Sofort gab es den Machtkampf, wer oben oder unten schläft. Da ich körperlich gut gebaut war und er nur ein „Strich-in-der-Landschaft", schlief ich unten. Mein Zellengenosse war wie ein Radio. Egal welchen Sender man einstellte, es kamen nur Störungen. Deshalb habe ich mich mit den Sachbüchern aus der Bibliothek eingedeckt und viel gelesen.

Mir wurde angeboten, daß ich auch Arbeiten kann, was ich natürlich dankbar annahm, denn jede Minute, die ich nicht mit meinem Leidensgenossen verbringen mußte, war für mich eine Erholung. Der Tag ging mit Fegen, Müll wegräumen und Küchenarbeit schneller rum. Und ein paar Pfennig gab es ja auch dafür.

Aber die Zeit war nicht einfach. Vor allem beim Duschen mußte man gut aufpassen. Wenn man sich nach einem Stück Seife bückte, stand plötzlich jemand hinter einem und wollte grapschen. Es war wirklich so. Die Jungs waren heiß. War ja auch zu verstehen: Es gab ja keine Frauen. Also wechselte man die Seiten. Das war nichts für mich! Ich wollte mich nicht an so etwas gewöhnen. Ich mußte kämpfen, um nicht unterzugehen.

Schwierig war für mich die Umstellung in der Ernährung. Das Essen war sehr schlicht und einfach, wenig gewürzt. Ich war Besseres gewöhnt. Wer „von draußen„ Geld einschmuggeln konnte, bestach die „bekannten" Wärter und hatte „ein Leben wie Gott in Frankreich". Leider war ich nicht in dieser glücklichen Lage.

Aus gesundheitlichen Gründen gab es zweimal täglich eine halbe Stunde frische Luft durch den Hofgang. Als starker Raucher war das für mich ganz wichtig. Aber es reichte der Lunge nicht. Also hab ich auch in der Zelle geraucht, was streng verboten war. Deo-Spray half ein wenig, den Geruch zu überdecken, was nicht immer gelang.

Dann behauptete ich immer: „Mein Zellengenosse hat geraucht." Da dieser Angst vor mir hatte, widersprach er nie. Die Konsequenzen trug er dann auch. Er muß mich dafür gehaßt haben, der arme Kerl.

Die Zeit im Knast kam mir wie eine Ewigkeit vor. Ich strich die Tage am Kalender ab.

„Irgendwann geht sie auch vorbei", sagte ich mir immer wieder.

Die Lehre für mich war: „Es hat nichts gebracht, nur Nachteile im Leben!"

Darüber hatte ich vorher nie nachgedacht.

Es kommt immer alles anders als man denkt. Mein Leben war ernster geworden. Und ich war verbittert. Hinzu kam, ich war allein, so allein. Denn alle Bekannten und sogar die Familie zogen sich von mir zurück. Als wenn ich eine ansteckende Krankheit hätte. Ist aber nicht so. Ich sagte zu mir: „Da mußt Du durch. Ich laß mich nicht unterkriegen."

Doch es war trotzdem nicht zum Aushalten. Keiner schaute mich mehr an und hinter meinem Rücken wurde getuschelt. Ich verstand es nicht. Ich hatte doch für alles gesühnt und meine Strafe hinter mir.

Irgendwann zogen meine Frau, die Kinder und ich in eine andere Stadt. Ja, wir fanden schnell eine schöne Wohnung, mit Garten für die Kinder. Aber zwischen meiner Frau und mir stimmte es nicht mehr. Es war kein Vertrauen mehr da – auf beiden Seiten. Auch anderen fiel es auf. Und sie nutzten die Situation aus.

Das Ehe-Aus nahm seinen Weg

Ein Arbeitskollege meiner Schwester half auch beim Umzug. Er bemerkte schnell, daß unsere Ehe brüchig war. Meine Frau und er begannen ein Verhältnis. Erst merkte ich es nicht. Da kam ich erst viel später hinter. Ich machte mir nur Gedanken, weil sie immer so früh zur Arbeit fuhr. Der Grund war: Sie ging immer vorher beim Freund vorbei und dann erst zur Arbeit. Das wurde ihr irgendwann zum Verhängnis.

In dem Jahr hatten wir einen harten Winter mit sehr viel Schnee. Die Straßen waren nicht gut zu befahren. Eines Morgens wurde ich aus dem Schlaf gerissen, weil es an der Tür Sturm klingelte. Verschlafen machte ich die Tür auf. Vor mir stand die Polizei:

„Gehört Ihnen das Fahrzeug mit dem Kennzeichen XY?

„Ja!"

„Es gab einen Unfall ...."

Mein erster Gedanke: „Ist das Auto noch heil?"

„Nein, es ist ein Totalschaden. Wollen Sie nicht wissen, was mit Ihrer Frau ist?"

Nein, wollte ich nicht wirklich. Denn ich war schon fertig mit ihr. „Wo ist sie?"

„Sie liegt im Krankenhaus und ist schwer verletzt."

Ich fuhr ins Krankenhaus. Meine Frau hatte großes Glück. Sie war haarscharf an einer Querschnittslähmung vorbei gekommen, sagte mir der Arzt.

Der Unfallort lag nicht auf dem direkten Arbeitsweg. Und so erfuhr ich von dem Verhältnis. Wir sprachen uns aus. Von Dritten erfuhr ich dann, daß auch der Geliebte sie noch immer im Krankhaus besuchte. Nach ihrer Entlassung kam meine Frau mit Gipsarm und Gipsbein in unsere Wohnung zurück.

Ich hatte zu der Zeit mit einem Partner eine kleine Spedition aufgebaut mit vier Lkw. Das war meine neue Aufgabe. Es lief gut. Beruflich war mit mir alles wieder im Lot.

Meine Mutter versorgte die Kinder und den Haushalt.

Meine Frau und ich sprachen uns nochmals aus. Ich dachte nur an unsere Kinder, die doch ihre Mutter brauchten und glaubte ihr. Meine Frau wollte die Beziehung beenden. Sie überzeugte mich, daß sie ein persönliches Gespräch mit ihm führen müsse und fuhr mit dem Auto meines Vaters zu ihm. Es war einige Tage vor Weihnachten. Ich wartete auf ihre Rückkehr, doch sie kam nicht.

Ich rief sie an und sie sagte:

„Ich komme gleich!"

Aber sie kam doch nicht. Nicht an diesem Tag und nicht den nächsten. Ich rief wieder an und sagte zu ihr:

„Die Kinder sind krank und haben hohes Fieber. Sie brauchen dich."

Sie antwortete: „Dann ruf den Arzt! Ich komme am zweiten Feiertag nach Hause."

"Was bist du nur für eine Mutter?!"

Ich war Weihnachten mit meinen Töchtern allein und mußte eine Ausrede erfinden, warum die Mama nicht da war. Meine Frau kam einen Tag vor Neujahr mit ihrem Gips zurück. Meine Mutter war immer noch eingesprungen und versorgte den Haushalt und die Kinder.

Jetzt stand für mich fest: „Ich wollte die Scheidung.

Zu der Zeit benötigte ich geschäftlich zum Ankauf eines weiteren Lkw ein Darlehen. Die Bank verlangte dafür eine Bürgschaft. Meine Eltern waren bereit, diese zu geben. Aber nur unter der Bedingung: Keine Scheidung!

„Ich lasse mich nicht erpressen", war meine Reaktion und ich knallte die Tür.

Ich dachte nur noch an Rache. Ich wollte es ihr heimzahlen. Ich traf einen befreundeten Anwalt. Er riet mir, die Firma vor die Wand zu fahren. Gesagt, getan! Es dauerte ungefähr ein Jahr und ich wurde arbeitslos und mußte stempeln gehen. Meine Frau und ich hatten keine Gütertrennung gemacht. Und so würde mich die Scheidung keinen Pfennig kosten. Das wollte ich ja erreichen.

Während dieser Zeit versuchten wir ein halbwegs normales Familienleben. Wir hatten per Zeitungsanzeige nach Mitspielern fürs Doppelkopfspielen gesucht. Die Anzeige war unglücklich formuliert. Es meldete sich ein Ehepaar, daß sehr sympathisch war. Irgend jemand schlug später vor, Poker-Stripp zu spielen. Nach einer gewissen Menge Alkohol lief es auf Partnertausch hinaus. Meine Frau war nicht abgeneigt. Mein Ding war das nicht. Ich habe mit der anderen Frau in der Zeit einen netten Plausch geführt. Meine Frau interessierte mich ja schon lange nicht mehr.

Es meldete sich auch jemand für einen „flotten Dreier". Die Telefonate mit ihm führte meine Frau. Mich interessierte das auch nicht. Dieser Typ wurde ihr späterer Partner und Ehemann.

Obwohl es wieder kurz vor Weihnachten war, zog ich aus der gemeinsamen Wohnung aus und zu meinen Eltern. Meine Frau war damals ausgerutscht und hatte wieder ihren Arm in Gips. Frau und Kinder weinten und baten mich, doch zu bleiben. Die Kinder taten mir zwar sehr leid. Aber es ging einfach nicht mehr.

Mein Anwalt schlug vor, daß wir uns auf ein schon vorhandenes Trennungsjahr verständigten. Meine Frau war damit einverstanden und ich mit dem alleinigen Sorgerecht meiner Frau. Der Versorgungsausgleich war einvernehmlich. Ich wurde zum Unterhalt für die Kinder verpflichtet, was ich auch gern hinnahm. Ansonsten entstanden mir keine Kosten. Nur für die Kinder habe ich gerne Unterhalt gezahlt.

Ich war von meiner Frau geschieden!

Neue Berufe – neue Lieben – neues Glück?

Beruflich mußte ich mich wieder neu finden. Und so nahm ich erst mal jeden Job an, bei dem ich meinte, daß er mir Spaß machte, z. B. Türdrücker in einem großen Medienkonzern. Bis ich eine Tätigkeit fand, die mir besser gefiel. Ich bekam einen sicheren Arbeitsplatz in der Kinowerbung in Hamburg. Ich war Angestellter, bekam ein Firmenfahrzeug, hatte nette Kollegen. Was wollte ich mehr.

Zu meinen Kindern hatte ich einen guten Kontakt. Meinen Urlaub verbrachte ich immer gemeinsam mit ihnen. Wir haben zur Freude der Kinder oft Camping gemacht. Meine jüngste Tochter war eine leidenschaftliche Reiterin. Ein passender Bauernhof befand sich natürlich in der Nähe. Diese Gemeinsamkeiten taten uns allen gut. Die Trennung nach der schönen Zeit war für mich immer schmerzhaft.

Nun konnte ich mich wieder auf mich konzentrieren. Und die große Liebe suchen, die ich immer noch nicht gefunden hatte. Ich rutschte von einer Beziehung in die nächste. Und ich glaubte langsam nicht mehr an mich selbst.

Ich wollte wieder etwas anderes sehen und fuhr nach Bochum zum Tanzen. Eine Frau – wir sahen uns an – und es machte „klick". Wir wurden ein Paar. Sie war sieben Jahre älter, aber das war mir egal. Wir fuhren viel in Urlaub und gingen auch regelmäßig aus zum Tanzen. Wir hatten Superjahre.

Zu dieser Zeit arbeitete ich für eine Firma, die Fensterelemente und Fassadenanstriche verkaufte. Ich saß mit einem Verkäufer und einem weiteren Werberkollegen (volkstümlich als Drücker bezeichnet) in einem PKW. Wir waren als Handwerker verkleidet, die angeblich in der Nachbarschaft schon arbeiteten und dadurch auf Mißstände aufmerksam geworden waren. Meine Aufgabe bestand darin, die Kunden zu überzeugen, daß etwas gemacht werden mußte und er keine günstigeren Konditionen als bei uns erhalten könne.

Ich klingelte an den Haustüren, bat den Hauseigentümer vor die Tür und besprach mit ihm, was an seinem Haus alles nicht in Ordnung war und dringend repariert werden mußte und vereinbarte einen Termin für den Verkäufer. Dieser war dann für den Abschluß von Verträgen zu – stark überhöhten Preisen – zuständig, was ihm auch meistens gelang.

Ich verdiente dabei viel zu wenig. Jedenfalls reichte es bei weitem nicht für den Lebensstandard meiner Freundin und mir durch unsere teuren Urlaubsreisen und was damit zusammen hing.

Mein Verkäuferkollege sprach mich eines Tages darauf an, warum ich immer so bedrückt und zu wenig motiviert sei. Fehlt Dir Geld, dann schlage ich Dir einen Deal vor. Ich darf nichts verdienen (aus steuerrechtlichen Gründen). Wenn Du meine Einnahmen auf Deinen Namen übernimmst, zahle ich Dir 20 % davon und den Steueranteil dafür aus, den Du ans Finanzamt zahlen mußt. Ich war einverstanden und erhielt meinen Anteil plus Steuerzahlung von ihm.

Leider hab ich das Geld mit meiner Freundin verbraten statt ans Finanzamt abzuführen und meine Steuererklärung entsprechend manipuliert. Die Konsequenzen, die es haben konnte, habe ich verdrängt.

Eines Tages mußte meine Freundin unerwartet für zwei Wochen ins Krankenhaus. Liebe Nachbarn berichteten ihr, ich sei zweimal erst morgens nach Hause gekommen. Mir war „die Decke auf den Kopf gefallen" und ich war zum Tanzen gewesen. Das erzählte ich ihr. Ich fand das ganz normal. Meine Freundin war da ganz anderer

Ansicht. Sie war sehr eifersüchtig und vermutete unbegründet eine Affäre. Sie machte mir Vorwürfe. Es gab einen heftigen Streit und sie warf mich raus.

Ich nahm mir eine Wohnung in der keine Möbel standen, nur ein Bett und ein Stuhl. Meine Gefühle spielten mit mir Achterbahn. Es war mit der großen Liebe wieder mal vorbei. Doch ich wollte nicht aufgeben. Ich war ihr hörig. Wir telefonierten mehrmals. Und versuchten es noch mal miteinander. Ich gab die „Wohnung" wieder auf.

Zu einem geplanten Besuch bei meinen Eltern in Gronau hatte meine Freundin keine Lust mitzukommen. Während dieses Besuches kam ich unfreiwillig „auf den Hund", den ich vor Tierfängern rettete. Er sollte in die Versuchsstation einer Pharmafirma. Ich kaufte ihn für 50 DM und nahm ihn zu mir, obwohl ich wußte, daß meine Freundin eine Tier-Allergie hatte. Aber sie hatte ja auch einen Wellensittich und ich dachte nicht weiter darüber nach. Ich kam mit dem Hund, sie öffnete die Tür, sah den schönen Hund und sagte nur: „Ich oder der Hund."

Da entschied ich mich für Mona den Hund. Er ist ein wahrer Freund. Ich habe scheinbar kein Glück mit dem weiblichen Geschlecht und zog vorübergehend ins Hotel. Der Hund und ich verlebten wunderschöne Weihnachts- und Silvestertage.

Ich wußte da noch nicht, daß ihre Rache folgte. Ich hatte die Papiere, für die ich keine Steuern abgeführt hatte, bei meiner Freundin unter dem Bett liegen lassen. – Schlecht gelaufen! Oder? Ich mußte auf die Anzeige wegen Steuerhinterziehung nicht lange warten. Es wurde sehr teuer. „Wieso werde ich von Gott so bestraft", fragte ich mich. Ich wurde doch christlich erzogen.

In der Wut darüber, keine Wohnung zu haben und wenig Geld, kamen mir die tollsten Ideen. Ich ging zum Pfarrer, von dem ich glaubte, er könne mir helfen. Mit 5 DM wurde ich abgespeist. Soviel zur Kirche: Nehmen und nicht geben! Ich spielte im Ort „besengte Sau". Mir war alles egal. Ich mußte ja irgendwo schlafen und auch etwas essen. Also fuhr ich zur Gemeinde und beantragte „Stütze". Man sagte mir, das könne aber zwei Tage dauern. Was nun? Ich wollte jetzt und heute Geld haben. Da drehte ich durch: „Ich möchte den Bürgermeister sofort sprechen." Der sei außer Haus war die Antwort. Also machte ich mich auf den Weg. Die Vorzimmerdame behauptete auch, der Bürgermeister sei nicht da. Ich ging einfach weiter, betrat sein Zimmer und sah erst mal nichts. Auf einmal hörte ich jemand niesen. Es kam hinter der Tür hervor. Da stand er, der Bürgermeister. Er kam um ein Gespräch nicht herum. Ich hatte mein Ziel erreicht und bekam noch am selben Tag Geld. Was der Wille alles ausmacht.

Ich rief meinen Vater an. Er holte mich ab, nach Hause zurück. Dort kamen die schlechten Erinnerungen in mir wieder hoch. Meine Eltern zweifelten an mir. Das war schon immer so. Ich hatte jetzt zwar einen Hund, aber alles andere nicht. Ich sehnte mich nach Geborgenheit und Liebe, die ich wieder mal nicht fand.

Also suchte ich einen „Nervenklempner" auf, weil ich glaubte, mit mir stimme etwas nicht. Es war eine SIE und das störte mich nicht. Wir unterhielten uns über alles, was bis jetzt geschehen war – und daß ich im Münsterland (sprich im Umfeld meiner Familie) nicht mehr glücklich werden kann, war auch ihre Meinung.

Der frosti-Unfall

Ich habe bei der Firma frosti gearbeitet. Während der Einarbeitung ist mir beim Runtertragen der Ware in den Keller ein Feuerlöscher auf den Fuß gefallen. Es schmerzte fürchterlich; aber der Schmerz lies schnell wieder nach. Also dachte ich an nichts Schlimmes, und wir fuhren zum nächsten Kunden.

Im Auto sagte ich zu meinem Arbeitskollegen: „Mein Fuß fühlt sich so naß an. Ich werde mal nachsehen, was da los ist."

Ich zog den Schuh aus und sah, daß der Strumpf ganz blutig war. Ich zog auch diesen aus und stellte mit Entsetzen fest, daß nur noch die Kuppe am Zeh (neben dem Großen) wie an einem Faden hing.

Wir fuhren sofort zum nächsten Arzt und ich humpelte schnell in die Praxis. Dabei verlor ich wohl die Kuppe, die der Arzt wieder annähen sollte und wollte.

Man suchte danach, fand sie aber nicht.

Dann wurde schnell ein Krankenwagen gerufen und ich wurde ins Krankenhaus gebracht. Da die Kuppe nicht auffindbar war, wurde der Zeh „zugenäht".

Ich fiel ganze 8 Wochen aus, weil ich nicht auftreten durfte.

Ich kam mir vor wie behindert Ich bewegte mich lediglich auf Krücken und mußte für alles eine Hilfe haben; sogar beim Waschen. Ich fand das richtig blöd und kam mir wie behindert vor.

Halbtags konnte ich später die Arbeit wieder aufnehmen. Nach weiteren drei Wochen war ich wieder voll arbeitsfähig.

Meine Kinder

Mir war nicht bewußt, was ich meinen Kindern an Schicksal zugefügt hatte. Sie versprachen sich einmal. Ich bohrte nach, und es brach aus ihnen heraus. Sie waren Bettnässer noch mit 10 und 11 Jahren, weil sie immer Angst hatten. Sie bekamen Schläge für alles und jedes. Katzenstreu wurde auf ihren Matratzen verstreut. Und noch vieles mehr. Sie wurden behandelt wie Sklaven. Das Schlimmste war die sexuelle Belästigung durch den Stiefvater. Und die eigene Mutter schaute dabei zu und lachte dumm.

Da sah ich rot!

Was geschah: Ich habe den Typen fast totgeschlagen. Bis mich die Polizei festhielt. Ich bekam eine Anzeige wegen Körperverletzung. Es war wieder mal der falsche Weg – aber es mußte sein. Was ich nicht bedacht hatte, daß er es wieder an meinen Kindern auslassen würde. Und so kam es auch. Sie wurden gedemütigt wo es nur ging. Meine Kinder erzählten mir, daß alle nur gelacht haben, auch meine Ex. Darauf rief ich voll Zorn dort an und sagte: „Das nächste Mal mache ich ernst mit euch beiden. Glaubt mir das!"

Meine jüngste Tochter ging mit 12 Jahren freiwillig in ein Kinderheim Sie hatte die Nase voll
von dem, was bei ihr zu Hause geschah. 14 Tage
später ging die andere Tochter auch ins Kinderheim. Beide Kinder haben ein Trauma, wahrscheinlich bis ans Ende ihres Lebens.

Solche Menschen wie meine Ex und ihr Freund
laufen frei herum. Wo leben wir eigentlich? Ich
bete, frage Gott – und bekomme keine Antwort.
Ich konnte nicht helfen. Mir waren die Hände
gebunden. Ich hatte zu dem Zeitpunkt keine
Arbeit und keine Wohnung. Es tut mir auch sehr
weh, daß ich nicht helfen konnte.

Auf ein Neues

Nun mußte ich erst mal wieder an mich denken und mir Arbeit suchen, die ich zum Glück auch bald fand. Ich konnte bei einer großen Entsorgungsfirma anfangen. Als freier Handelsvertreter, genauer als Kundenbetreuer für die Bereiche Bayern, Baden-Württemberg und Rheinland-Pfalz. Das war für mich wie ein Sechser im Lotto.

Ich mag's gar nicht mehr sagen, aber ohne Frauen geht es nicht. Und immer und immer falle ich wieder drauf rein. Ich fand wieder eine Neue, weil Frauen mich anzogen, wie Fliegen den Mist riechen. Es ging alles gut. Wir haben viel unternommen. Meine Kinder mochten sie auch. Aber mehr nicht, denn ich war ja die ganze Woche unterwegs und kam erst donnerstags wieder. Ich verdiente gutes Geld aber nicht mit körperlicher Arbeit. Ich hatte erreicht, was ich immer wollte.

Leider hatte ich beziehungsmäßig wieder eine Niete gezogen. Ich wunderte mich, daß meine Freundin immer müde war. Sie hatte keine Arbeit und machte nur den Haushalt.

Ich hatte mal wieder vor der Tür auf sie gewartet zum Gassigehen mit dem Hund. Da sie nicht kam, ging ich zurück in die Küche und überraschte ich sie beim Trinken. Hinter einem Vorhang standen lauter leere Weinflaschen. Und es war noch mehr versteckt.

Alkoholsucht ist eine Krankheit die in der Gesellschaft tabuisiert wird.

Ihre Familie glaubte es nicht und hat zu mir gesagt, ich spinne. So stand ich wieder mal alleine da. Mit meiner Hilfe kam sie vom Alkohol los. Doch die Beziehung war auch zu Ende.

Dadurch, daß ich anderen immerzu helfe, war ich selber krank geworden. Nach allem ging ich nach Bayern, wo ich ja noch einen Job hatte. Nur weg von allem Übel. Ich kam mir irgendwie leer vor. Brauchte ich die Frauen doch? Oder war es nur die Angst vor dem Alleinsein?

Ich lebte zunächst in einer Pension in der Nähe von Nürnberg, ging jeden Tag zur Arbeit. Irgendwann traute ich mich wieder in die gefähr-liche Arena der Frauen. Ich entschloß mich, mal wieder zum Tanz zu gehen.

Als offener Mensch habe ich auch schnell eine Tanzpartnerin gefunden. Wir verbrachten den ganzen Abend miteinander. Es war schön. Wir tauschten gegenseitig unsere Telefonnummern und verabschiedeten uns. Laß uns mal telefonieren.

Es vergingen Tage, bis ich von ihr einen Anruf bekam. Wir haben stundenlang miteinander geredet. Es war, als würden wir uns schon lange kennen. Wir hatten die gleiche Auffassung vom Leben. Jetzt trafen wir uns öfter. Es dauerte auch nicht lange, da bin ich mit meinen paar Sachen bei ihr eingezogen. Wir verstanden uns gut und haben sehr viel miteinander gemacht.

Ich lernte ihre und sie meine Familie kennen. Nur meine geliebten Kinder waren 500 km entfernt. Die nahmen das nicht so gut auf. Irgendwie mochten sich beide Seiten nicht wirklich. Dadurch war der Kontakt zu meinen Töchtern nach und nach nicht mehr so intensiv. Ich saß gewissermaßen wieder mal zwischen zwei Stühlen. Aber das kannte ich ja schon. Leider! Aber ich mußte ja mit meiner Partnerin auskommen und mein Leben leben.

Nach sechs Wochen habe ich ihr in der Sauna einen Heiratsantrag gemacht. Sie sagte: „Ja!" Die Hochzeit mit allen Familienangehörigen in einem Landgasthaus in wunderschöner Lage am See war traumhaft schön. Es paßte alles: Wetter, Essen und die Harmonie zwischen den beiden Familien.

Wir lebten schon mehrere Jahre zusammen. Alles lief prima. Ich war die ganze Woche auf der Arbeit und kam immer donnerstags nach Hause. Wir verbrachten schöne Wochenenden.

Meine dramatische Zeit

In dieser Zeit fing ich mit dem Spielen an. Die Automaten waren schuld. Ich verspielte jede Menge. Es waren in der Zeit wohl eineinhalb Häuser. Da ich immer gut verdiente, fiel das nicht auf. Das war zu dem Zeitpunkt aber nicht meine einzige Sucht. Ich leaste mir fast jedes Jahr ein neues Auto. Ich habe viel zu Gott gebetet, um von meiner Spielsucht loszukommen. Mit seiner Hilfe habe ich es geschafft. Aber da war ja noch das andere, was nicht mit Gottes Hilfe wegging.

So kam es, wie es kommen mußte. Ich vertraute mich meiner Frau an. Wir waren uns einig, daß ich mal zum Arzt gehen sollte, um ihm meine ganzen Geschehnisse zu erzählen. Der kam zu dem Entschluß, daß ich freiwillig in eine Klinik für Psychiatrie gehen sollte. Dort fühlte ich mich nicht wirklich wohl. Ich sah mich selber nicht als krank an. Die vielen Gespräche brachten mir nicht viel. Daher entließ ich mich selber nach vier Wochen. Ich fand keinen Sinn mehr darin.

Zurück im normalen Leben ging alles weiter wie gehabt. Doch für mich nicht wirklich.

Ich wechselte meine Arbeitsstelle immer öfter. Ich war unzufrieden. Das wirkte sich auch in meiner Ehe aus. Wir verbrauchten mehr Geld als reinkam. Ich war wieder einmal da, wo ich nie mehr hin wollte.

Es ging mit meinem „Glück" so weiter. Ich hatte schon lange mit der Blase zu tun. Ich dachte aber, was von allein kommt, geht auch von allein. Doch das war nicht so. Es wurde immer schlimmer. Es kam Blut so dick wie Lava. Wir entschlossen uns, einen Urologen aufzusuchen.

Dieser untersuchte mich und meinte, daß ich wohl eine Geschlechtskrankheit hätte, die ich mir irgendwo geholt hätte. Ich wußte nicht bei wem. So wurde auch meine Frau untersucht. Bei ihr wurde nichts gefunden. Mir verschrieb der Arzt Antibiotika mit starker Wirkung. Das Medikament sollte ich 14 Tage einnehmen. Wenn sich keine Besserung zeigte, müßte ich wieder kommen.

Die 14 Tage gingen rum und es besserte sich nichts. Daraufhin machte der Arzt eine Röntgenaufnahme. Es zeigte sich ein Tennisball großer Schatten in meiner Blase.

Das hätte er auch früher sehen können, bevor er mir die teuren Medikamente gab. Es stellte sich später heraus, daß der Arzt ein Betrüger war, der sein Geld mit einem wirkungslosen Krebsmittel machte. Er hatte mehrere Patienten betrogen. Er wurde verurteilt und mußte seine Lizenz als Arzt abgeben.

Aber wieder zu mir. Ich mußte schnellstens in eine Klinik, Ich wurde „auf den Kopf gestellt" und sollte operiert werden. Ich hatte eine unglaubliche Angst vor dieser Operation. Es schoß mir so vieles durch den Kopf. Ich dachte auch an meine Kinder, die nicht da waren. Ob ich sie wohl wiedersehen könnte.

Am nächsten Tag wurde ich vom Professor persönlich operiert. Als ich aufwachte, spürte ich die Hand meiner Frau, die bei mir war. Richtig wach wurde ich dann durch den Assistenten des Professors. Er kam in mein Zimmer und sagte mir, daß mit einer Operation nicht alles raus gekommen sei. Und das es zwei- oder dreimal gemacht werden müsse. Und ich könne davon ausgehen, daß es bösartig sei. - Warum ich schon wieder. Ich habe doch schon genug Scheiße gehabt in meinem Leben.

Es wurde eine schwere Zeit für mich und meine Frau. Ich wurde dreimal operiert und hatte anschließend zehn Blasenspülungen. Die taten mir nicht gut. Ich bekam Schüttelfrost, Fieber; mir war schwindelig usw. Das gönne ich keinem Feind. Es war die Hölle.

Und dann ging unser Leben fast so weiter wie bisher. Aber irgendwie war es nicht wie früher. Ich ging weiter meiner Arbeit nach und meine Frau auch als Altenpflegerin. Eigentlich verdienten wir beide nicht schlecht. Aber durch meine Krankheit, die ich nicht wahrhaben wollte, ging es nicht so gut.

Eigentlich hatte ich ja schon jede Menge in meinem Leben erlebt, aber es kam schlimmer.

Von nun an ging's bergab

Ich fuhr am Montag wieder zur Arbeit nach Baden-Württemberg. In der Nähe von Stuttgart habe ich viele Firmen aufgesucht, die Sonderabfälle haben, die wir ordnungsgemäß entsorgten. Darunter war auch eine Autowerkstatt, ein Vertragshändler von RangeRover. Ich fragte, ob ich den schicken Wagen mal einen Tag zur Probe fahren darf. Der Chef sagte mir zu und ich war glücklich.

Mit so einem SUV zu fahren war schon immer mein Traum. Ich fuhr den ganzen Tag durch das schöne Land. Viele grüne Landschaften, Obstplantagen, Weinberge; ich fand es einfach schön und vergaß die Zeit. Ich schaute auf die Uhr und stellte fest, es war schon 19 Uhr. Also konnte ich das Fahrzeug erst am nächsten Tag wieder abgeben. Mir war es nur recht, denn ich gewöhnte mich daran. Es war einfach schön.

Irgendwann mußte ich tanken und fuhr zur nächsten Tankstelle und tankte. Dann suchte ich meine Geldtasche und – hatte ein Klopfen im Herzen. Ich suchte überall im Fahrzeug, aber ich fand sie nicht. Ich überlegte, wo ich sie wohl verloren haben könnte.

Nach langer Zeit fiel mir ein, daß die Geldtasche in meinem Auto in der Werkstatt lag. Da kam ich nicht dran, weil der Schlüssel ja eingeschlossen war.

Irgendwie mußte ich ja bezahlen. Ich rief unsere Bekannten, die in der Nähe wohnten, an. Aber wie es so ist, erreichte ich niemand. Und meine Frau wollte ich nicht wecken. Es war ja schon spät und sie mußte morgens früh aufstehen.

Da wußte ich noch nicht, was alles auf mich zukam. Es war nicht wirklich schön. Irgendwie mußte ich da durch.

Ich ging in die Tankstelle und erzählte selbstsicher mein Mißgeschick. Die Angestellte hatte dafür kein Verständnis und rief den Chef an. Er sollte es anschreiben bis zum nächsten Morgen, wo ich dann bezahlt hätte. Der lehnte das ab und wollte die Polizei verständigen. Ich fühlte mich beschissen.

Es war zur Zeit der Fußballweltmeisterschaft und nach längerem Warten kam dann auch die Polizei, die sehr unter Druck stand.

Sie kamen auf mich zu mit schwarzen Handschuhen und ich dachte bei mir, wie man bei so einem schönen Wetter so rumlaufen kann. Ich saß im Fahrzeug und schilderte alles, wie es dazu kam. Sie waren sehr unfreundlich zu mir; darauf wurde ich laut. Ein Wort gab das andere, bis sie mich aufforderten, das Fahrzeug zu verlassen. Ich mußte den Schlüssel abgeben.

Sie behandelten mich wie einen Schwerverbrecher. So kam es mir vor. Sie legten mir Handschellen an und schoben mich in ihren Bulli. Sie fuhren zur nächsten Polizeiwache, aber wie besengt, so daß ich hinten richtig hin und her rutschte. Ich konnte mich ja nicht festhalten und die Handschellen schmerzten auch sehr.

Endlich angekommen führte man mich in ein Zimmer, wo das Protokoll aufgenommen wurde. Dieser Beamte war auch nicht gerade freundlich zu mir. Es war wohl nicht meine Nacht.

Ich schaute mich um in diesem Zimmer. Es war ziemlich ärmlich eingerichtet. Ich sah, daß mehrere Schubladen vom Schreibtisch offen standen. Ich sah einen Trommelrevolver. Irgendwie war auf einmal mein Verstand verschwunden, denn ich überlegte, wie komme ich daran.

Ich stand auf, ging zum Fenster, um mir eine zu rauchen. Das durfte ich, weil der Beamte merkte, daß ich ganz schön nervös war. Auf dem Weg zum Stuhl knickte ich einfach um, so daß ich den Schreibtisch berührte. Und auf einmal war ich im Besitz der Waffe die im Schubfach lag.

Der Beamte sah auf die Waffe und ich merkte, er hatte eine Scheißangst. Aber ich wollte ihn ja nicht erschießen. Sondern nur sehen, wie es ist, wenn man die Gewalt über andere Menschen hat.

Aber es kam noch besser. Ich fragte, ob er mit mir Russisch-Roulett spielen wolle. Er sagte darauf nichts, saß ganz steif in seinem Sessel, stotterte dann vor sich hin, daß ich mich nicht unglücklich machen solle. Daraufhin hielt ich mir die Waffe an die Schläfe. In meinem Eifer merkte ich nicht, daß sich sein Kollege hinter mir anschlich und mir blitzschnell die Waffe aus der Hand riß.

Nun war ich wieder einmal der Verlierer. Aber immer noch störrisch wie ein Esel. Und mit vier Mann mußten sie mich in die Zelle mit eingebauter Toilette wuchten. Ich lag auf einem harten Brett was sich Liege schimpfte, wo ich die Nacht verbrachte.

Am nächsten Morgen erfolgte die Zwangs-
einweisung in die Psychiatrie. Ich wurde im
Krankenwagen angeschnallt und ins
„Frankenland" in der Nähe von Ansbach eingeliefert.

Ich wurde „auf den Kopf gestellt" und bekam
jede Menge Spritzen, damit ich ruhig wurde. Es
war, als wenn ich mir einen Joint reinzog; so
richtig neben der Spur. Am nächsten Morgen war
alles wie früher. Ich lebte in den Tag hinein. Aber
es war nicht so. Überall kranke Menschen mit
denen ich nichts anfangen konnte. Sie saßen nur so
rum und waren mit ihren Sinnen ganz woanders.
Sie hatten ihre eigenen Probleme. Es war schlimm,
so etwas mit anzusehen. Ich dachte mir, hier mußt
du schnell wieder raus.

Nach ein paar Tagen hatte ich einen Termin mit
einem Arzt bekommen. Er untersuchte mich noch
mal auf meinen Zustand. Am Anfang unterhielten
wir uns auch ganz nett. Auf einmal eskalierte es.
Ich sprang auf und würgte den Arzt, daß er blau
anlief und ich von ihm abließ. Aber es standen auf
einmal sechs Gestalten hinter mir und über-
wältigten mich. Ich wehrte mich mit allen Kräften.
Auf einmal merkte ich eine Spritze und wurde
müde.

Am nächsten Morgen wachte ich auf und merkte, ich konnte mich gar nicht bewegen. Ich war angeschnallt in einem Bett in einem kleinen grauen Zimmer, das Video überwacht wurde. Ich kam mir vor wie ein Mörder kurz vor seiner Hinrichtung. Den einzigen Kontakt hatte ich, wenn es etwas zu essen gab. So vergingen zwei Tage, dann wurde ich aus meiner schrecklichen Lage wieder befreit.

Jetzt war ich fast wieder ein freier Mensch. Meine Mitinsassen schauten mich an als käme ich von einem anderen Planeten. Ich stand ohne Geld da und hatte nur die Sachen an, die ich auf dem Leib getragen hatte. Kein Kontakt zu meiner Frau und zu den Kindern. Ich fühlte mich im Stich gelassen von allen. Ich betete fast jeden Tag zu Gott, daß er mir doch helfen solle.

Ich stellte mir vor, daß ich im Fahrstuhl stehe. Der saust mit hoher Geschwindigkeit in die Tiefe. Aber ich konnte ihn vorher noch bremsen, bevor er aufschlug.

Der einzige Mensch, der noch zu mir hielt, war meine Mutter. Die auch hin und wieder Geld schickte, daß ich wenigstens rauchen konnte.

Die Tage vergingen wie im Stummfilm. Ich bekam jeden Tag meine Tabletten, die jede Menge Nebenwirkungen haben und träumte so vor mich hin.

Dann kam der Tag, wo ich ein paar Stunden Freigang hatte. Es war wie ein Wunder und ich fühlte mich wie neu geboren. Nun wollte ich auch wissen, was mit unserer Ehe los war. Ich telefonierte mit meiner Frau, Es war kein schönes Gespräch, Sie sagte mir, sie möchte sich scheiden lassen und nur noch über ihren Anwalt Kontakt aufnehmen.

Ich verstand die Welt nicht mehr. Hatte sich denn alles gegen mich verschworen?

Ich wurde ja fast jeden Tag untersucht und bekam Einzelgespräche. Man stellte wieder bei mir fest, daß ich unter einer Manie und Depressionen leide; wahrscheinlich schon seit meiner Kindheit. Ich würde eine Betreuerin bekommen, wenn ich entlassen würde.

Nach ca. sechs Wochen stand fest, daß ich entlassen werde. Aber sie wußten nicht, wohin mit mir.

Ich sollte mir ein umgebautes Hotel in der Stadt anschauen. Das tat ich dann auch. Aber ich erschrak, als ich die Bewohner sah. Alle untere Schublade. Aber da kann ja jeder hinkommen, dagegen hatte ich keine Vorurteile. Doch die Zimmer waren sehr klein und mit zwei Mann besetzt. Also beschloß ich, daß ich da nicht einziehe.

Ich wollte ganz gerne wieder in die Nähe meiner Familie und so rief ich meine Mutter an. Ich fragte, ob ich bei ihr so lange schlafen könne, bis ich wieder eine eigene Wohnung hätte. Sie sagte ja, und daß sie sich nach einer Wohnung umhört.

Jetzt war die Frage, woher bekomme ich das Geld für meine Fahrkarte in die Freiheit. Mir fiel wieder der Pfarrer ein, der mich in der Zeit betreute, in der ich einsaß. Ich machte mir Mut und fragte ihn, ob er mir nicht die Fahrkarte vorschießt. „Mach ich gern." „Und ich hab noch was auf dem Herzen. Können Sie noch mal meine Frau anrufen, ob wir es doch noch mal probieren wollen?" Ich wollte nicht aufgeben. Nach einem längeren Anruf sagte er mir mit gesenkter Stimme, es bringe nichts mehr und ich solle es dabei belassen. Ich war sehr traurig. Aber da mußte ich mal wieder durch; wie immer ganz alleine.

Zurück zur Familie

Der Tag kam, daß ich im Zug saß. Ich war irgendwie glücklich, daß ich meine Familie und meine Kinder wieder in die Arme schließen durfte.

Nun fing der ganz normale Alltag an. So richtig wohl fühlte ich mich nicht bei meiner Mutter. Sie ist ja auch mit 82 Jahren nicht mehr die Jüngste. Da hat man schon seine Macken. Ich machte mich auch auf, um schnell eine Wohnung zu finden. Ich lebte jetzt von Hartz-4. Das waren schlechte Voraussetzungen schnell etwas zu finden.

Eines Tages rief mich meine Schwester an. Sie hätte eine Wohnung für mich, in die ich gleich einziehen könne. Ich habe mir die Wohnung sofort angeschaut. Es war „die letzte Absteige". Sie war winzig, hatte aber eine sehr kleine Terrasse, auf der ich wenigstens rauchen konnte. Ich zog am nächsten Tag ein mit Möbeln, die aus der Fundgrube kamen. Mein Leben war anders geworden.

Ich war wieder ein freier Mensch und konnte auch in den Spiegel sehen, ohne ein schlechtes Gewissen zu haben. Gefallen an meinem erbärmlichen Leben konnte ich aber nicht finden. Es fehlte etwas, mir fehlte eine Arbeit. Ich telefonierte viel herum, bekam aber nur Absagen. Es hieß immer:

„Zu alt!" oder „Sie müssen flexibeler sei!"

Ich konnte mir aber von dem wenigen Geld was ich hatte kein Auto leisten. „Ich darf nicht aufgeben," sagte ich mir immer wieder und machte weiter.

Dann gab es eine Hoffnung. Es war wieder im Sondermüllbereich. Da hatte ich ja schon Erfahrung. Es war aber nicht so einfach. Der Senior wollte keinen Außendienstler und der Junior wollte ihn noch überzeugen, mich doch einzustellen. Er wollte sich wieder melden.

Es vergingen Wochen. Ich rief regelmäßig an und fragte nach. Der Junior hatte seinen Vater noch nicht umgestimmt. „Ich melde mich!" vertröstete er mich immer wieder.

Ich glaubte schon nicht mehr, daß ich den Job bekommen würde, denn er war eine lange Zeit vergangen. Mit meinen Gedanken war ich ganz woanders, als eines Tages das Telefon klingelte:

„Ich habe eine gute Nachricht für Sie! Ich habe meinen Vater überzeugt. Ich kann Sie sofort einstellen – zunächst mal für ein Jahr."

Ich war happy. Jetzt mußte ich einen schweren Gang machen. Ich mußte meine Schwester und ihren Mann überreden, mir das zweite Auto zu leihen. Der Wagen wurde nur bei schlechtem Wetter benutzt und stand sonst nur rum.

„Wenn du selber tankst, kannst du ihn haben."

Ich bedankte mich überglücklich. Jetzt fuhr ich jeden Morgen zur Arbeit. Mein Tag verging so schnell. So flogen die Monate dahin und bald war das Jahr um.

Eines Tages wurde ich zum Chef gerufen. Ich ahnte schon nichts Gutes. Und ich hatte Recht. Der Junior sagte:

„Ich werde den Vertrag nicht verlängern. Mein Vater war von Anfang an dagegen, daß ich Sie eingestellt hatte."

Wieso hatte ich immer so ein Pech. Egal was ich anfing, es ging meistens in die Hose. Aber das Leben ging weiter.

Meine Betreuerin riet mir, daß ich die Rente einreichen solle. Wegen meiner Psyche sei ich im Arbeitsalltag nicht mehr belastbar. Wir stellten den Antrag.

Ich dachte, jetzt wird es etwas ruhiger bei mir. Leider war das nicht so.

Meine Tochter und die Gene

Meine älteste Tochter hatte eine Lehre als Altenpflegerin begonnen. Man verlangte viel von ihr, aber es machte ihr Spaß. Sie mußte schnell Arbeiten erledigen, für die sie noch gar nicht ausgebildet war. Das führte dazu, daß man sie mobbte und hänselte:

„Du kannst ja nichts!"

Doch das sollte noch nicht alles sein. Es kam noch dicker. Ein noch nicht ausgebildeter Pfleger gab ihr den Auftrag, einer bettlägerigen Patientin eine Tablette zu geben. Der Pfleger war gar nicht berechtigt, den Auftrag an andere weiterzugeben. Später stellte sich heraus, daß er psychisch krank war. Die Patientin bekam darauf hin hohes Fieber, da es eine falsche Tablette war. Sie hätte davon sterben können.

Für meine Tochter brach eine Welt zusammen. Sie war verzweifelt, weinte bitterlich und war deprimiert. Sie glaubte, man hatte sie schon auf die Abschußliste gesetzt. Der Schuldige sollte gesucht werden. Es würde wahrscheinlich wieder auf die Schwachen abgewälzt werden wie immer. Es sind immer die anderen schuld.

Es war jetzt erst mal ein langes Wochenende. Am Freitag ging meine Tochter mit einer Freundin und Kollegin zum Hafenfest nach Münster. Bei beiden kam so recht keine Stimmung auf. Sie überlegten den ganzen Abend, was so alles hätte passieren können. Es war einfach dumm gelaufen.

Wieder zuhause angekommen ging sie schlafen. Nachts schrie sie auf einmal los als wäre der Teufel hinter ihr her. Sie schrie das ganze Haus wach. Jeder glaubte zunächst, die würde von ihrem Mann geschlagen. Irgend jemand hatte schon die Polizei gerufen.

Meine Tochter ließ sich nicht beruhigen. Sie rief irgend etwas mit Engeln und schwarzen Kutten, die sie sah.

Zunächst wurde sie ins städtische Krankenhaus eingeliefert und ruhig gestellt. Am nächsten Tag kam sie ins LKH. Dort wurde sie eingesperrt.

Mir kamen meine Erinnerungen hoch. Mir erging es ja so ähnlich. Meine Tochter hatte nur mehr Glück als ich. Ich mußte damals die sechs Wochen allein durchstehen. Und es war nicht einfach, niemanden zu haben, der zu einem steht.

Bei ihr war es besser. Die Familie besuchte sie fast jeden Tag oder telefonierte miteinander. Meine Große ist sehr sensibel. Und in solchen Situationen klammert man sich an jeden.

Am Anfang glaubte man, sie stehe unter Drogen. Aber nach drei Tagen konnte man sie schon wieder ansprechen. Sie erzählte, daß sie eine Bastel-Therapie macht. Sie fertigte für uns Armreifen. Wir freuten uns, daß sie schon so schnell wieder am Leben teilnimmt.

Nach drei Wochen wurde sie in eine Tagesklinik verlegt. Sie konnte jetzt jeden Abend zu ihrer Familie nach Hause gehen.

Ja, so ist das Leben. Es sorgt immer für Überraschungen. So auch bei mir. Ich bekam Post von der Rentenanstalt. Man teilte mir mit, daß ich jetzt „auch ein armer Rentner sei". Ich erschrak fürchterlich über die Rentenhöhe.

Jetzt brauchte ich einen 400-€-Job um zu überleben.

Man glaubt es kaum: Es ergab sich auch wieder, daß mir eine Frau über den Weg lief. Aber mit großer Liebe? Gibt es sie überhaupt noch. Ich weiß es nicht so genau.

Habe ich was verloren? Ich wußte, da war noch was. Aber so was vergißt man schnell wieder. Ach ja, ich war beim Arzt. Der bestätigte mir meine Impotenz. Aber das war ja das kleinste Übel.

Die Zeit der schweren Psychose ...

Als meine Partnerin sich das Bein gebrochen hatte, gab es mehrere Zwischenfälle:

Ich hatte zu der Zeit zwei 400-€-Jobs, habe den Haushalt geschmissen und den Garten gemacht. Ich hatte das Gefühl, daß sie von mir erwartet, alles auf einmal zu machen.

Ich war aber nicht der Schnellste. Ich hielt die Wohnung gepflegt. Es konnte jederzeit jemand reinkommen; es war immer alles sauber. Es dauerte nur eben seine Zeit.

Ich empfand die Ansprüche meiner Partnerin als Überforderung. Ich legte mich mit ihr an und wurde ausfallend.

Unter anderem auch mit dem Hauseigentümer. Grund: Wir hielten den Plattenweg immer sehr sauber. Der Hauseigentümer hatte jetzt Rasen gemäht und alles liegen lassen. Daraufhin habe ich ihn aufgefordert, seinen Dreck wieder wegzumachen.

„Ich denke gar nicht daran", gab der Hauswirt zur Antwort.

Ein Wort gab das andere. Zum Beispiel sagte ich ihm:

„Wir hätten die Wohnung doch nicht nehmen sollen. Es war so vieles nicht in Ordnung und wir haben die ganzen Arbeiten und Reparaturen bezahlen müssen. Aber meine Frau wollte die Wohnung ja unbedingt...."

Es gipfelte mit der Bemerkung: „Sie haben Ihren Kopf nur zum Haarschneiden! Es hat keinen Zweck mit Ihnen zu reden."

Damit drehte ich mich um und ließ den Hauswirt stehen.

Erstaunlicherweise hat dieser anschließend alles gesäubert.

Da meine Partnerin ja mit dem gebrochenen Bein nicht laufen konnte, parkte unser Auto vor der Terrasse. Darüber hat sich die Nachbarin aufgeregt, weil sie um das Auto herum über den Rasen gehen mußte. Auch mit ihr legte ich mich an. Die Nachbarin schellte am anderen Morgen. Meine Partnerin öffnete und bat sie herein.

„Ich darf ja nicht mehr reinkommen. Peter hat mir ja Hausverbot erteilt." Sie antwortete nur: „Nimm den Peter im Moment nicht so ernst, dem geht es zur Zeit nicht so gut."

Inzwischen ist das vorher sehr gute Verhältnis wieder hergestellt.

In der Zeit klappte es zwischen meiner Partnerin und mir kaum noch. Sie war aber auf mich angewiesen. Aber ich wollte weg und sie ließ mich. Ich wollte in einen Wohncontainer. Es gab dort aber kein Telefon und kein Auto und das ging gar nicht.

Als meine Tochter zur Behandlung ins Landeskrankenhaus nach Lengerich kam, habe ich noch mal so einen Schlag gekriegt. Immer, wenn die Tochter dann anrief, merkte meine Partnerin, es wurde bei mir immer schlimmer. Das dauerte immer so einige Tage an.

Meine Partnerin hat dann Franzi gebeten, auf die Frage: Wie geht es Dir?, zu antworten. „gut". Das hat Franzi auch gemacht.

Ich besuchte meine Tochter in der Psychiatrie und hatte einen Termin mit dem Arzt gemacht. Der wollte wissen, ob so etwas in der Familie schon vorkam. Ich sagte: „Ich bin selbst betroffen. Aber das hat doch mit meiner Tochter nichts zu tun. Das ist doch nicht angeboren. Das ist doch alles aus der Vergangenheit begründet."

Der Arzt behauptete aber: „Das ist Vererbung!" Und diagnostizierte bei mir eine tiefe Psychose.

Danach passierte folgendes:

Es war gerade die Zeit des Länderspiels Deutschland ./. Spanien.. Da klingelte es hier abends um acht Uhr an der Tür. Meine Partnerin hat die Tür aufgemacht. Vor ihr standen zwei Krankenwagenfahrer mit blauen Handschuhen. Sie haben sich nicht vorgestellt.

Sie fragten nur: Frau Zadar geht es Ihnen gut?

Sie sagte: „Ja, mir geht es gut."

„Wie geht es Herrn Zadar?"

„Herrn Zadar geht's auch gut. Er schlägt mich nicht; nur mit Worten. Im Moment ist er sehr frech."

„Ja, und weiter …"

„Weiter nichts. Sonst ist alles gut."

Meine Partnerin wollte mich ja nicht weiter reinreißen. Die drei haben dann noch ein paar Minuten in der Küche gestanden.

Da sagte einer der beiden Krankenwagenfahrer:

„Die Polizei ist auch unterwegs."

Irritiert antwortete meine Partnerin: „Die bestellen Sie bitte ab. Die brauchen wir nicht."

Da kam ich in die Küche. Die Sanitäter hatten schon erfahren, daß ich meine Tabletten nicht nehme. An diesem Tag waren sie aber zum ersten mal unter den Spinat gemischt. Die Idee kam von meinen Kindern, die zu meiner Partnerin engen Kontakt hatten. Denn die Kinder hatten auch bemerkt, daß ihr Vater „ganz woanders ist, daß er gar nicht mehr er selber ist".

Der Sanitäter fragte mich: „Herr Zadar, wie geht es Ihnen?"

„Gut."

„Nehmen Sie Ihre Tabletten?

„Wie kommen Sie zu dieser Frage? Ich bin Ihnen doch keine Rechenschaft schuldig."?"

Darauf gab der Sanitäter keine Antwort, weil er nicht verraten wollte, wer ihn informiert hatte.

Als die beiden Krankenwagenfahrer gegangen waren, fragte ich: „Woher wußten die, daß ich meine Tabletten nicht genommen hatte?"

Meine Partnerin antwortete: „Das weiß ich nicht."

Sie mußte also lügen, weil sie zu der Zeit nichts machen oder sagen durfte, da ich dann sofort wie ein HB-Männchen hochging.

Ich verließ das Zimmer wieder. Und damit war die ganze Angelegenheit erledigt.

Ich bekam meine Tabletten weiterhin unter das Essen gemischt.

... und weitere Manien

Ich hatte mich einmal „schick angezogen" – so mit Schlips und Kragen. Ich wollte nach Berlin zu einem alten Bekannten. Der hatte ein Taxi-unternehmen und brauchte einen Partner. – mit Geld. Ich war der Meinung, hab ich zwar nicht, krieg ich aber wohl irgendwo her. Ich suchte wieder mal einen Investor. Ich wollte eine Stiftung gründen.

Dann telefonierte ich mit mehreren hoch-rangigen Politikern – persönlich! Sie sollten mir helfen und Geld geben und ihre Beziehungen spielen lassen.

Meine Partnerin hatte nur Sorge, daß ihr Name bei diesen Aktionen auftauchen würde. Sie hat mich verwarnt. Unser Telefon lief nur unter: „Unbekannte Nummer".

Es ging mir oft nur um Geld – wie ich schnell und einfach zu viel Geld komme.

Von der letzten Arbeitsstelle hatte ich noch 300 € zu bekommen. Weil da nichts kam, habe ich die Firma angezeigt und noch einige weitere Taxi-Unternehmen. „Weil die nur die Leute bescheißen."

Und einen Viehtransport-Unternehmer habe ich auch angezeigt, weil der seine lebenden Tiere an den Beinen aufgehängt transportiert. Bei diesen Anzeigen bei der Polizei habe ich mich als Doktor ausgegeben.

Die Besitzerin eines Taxi-Unternehmens hat mich daraufhin der Verleumdung bezichtigt und mit einer Klage gedroht. Das Verfahren wurde eingestellt. Ich mußte aber die Verhandlungskosten und eine Strafe zahlen.

Ich wollte ein Haus bauen. Das Grundstück stand zur Besichtigung. Die finanzielle Seite gestaltete sich schwierig, da ich eine Privatinsolvenz angemeldet hatte. Meine Partnerin weigerte sich, mit zumachen. Damit erledigte sich das.

Zu dieser Zeit hat meine Partnerin meine Tabletten immer heimlich unter das Essen gegeben.

Dann waren die Tabletten alle und ich mußte zu meinem Hausarzt. Meine Partnerin hat per Post die Krankenkassenkarte, 19 € und einen Zettel mit dem Namen des Medikamentes zum Arzt gesandt, der ihr das Rezept daraufhin zusandte.

Als ich dann wieder zu meinem Psychiater mußte – so ca. 8 bis 10 Wochen später - hat sie mir dann die Sache mit den untergemischten Tabletten erzählt. Zunächst war ich sehr aufgebracht. Nach einem längeren Gespräch kam doch die Einsicht. Und seitdem nehme ich die Tabletten regelmäßig.

Ich habe eingesehen, daß die Medikamente für ein normales Leben zwingend sind. Meine Partnerin hat zusätzlich die Angst, daß mir irgend etwas wieder mal zu viel werden könnte, so wie bei ihrem Beinbruch.

Ich behaupte aber, daß ich meine Grenzen kenne. Wir haben da sehr unterschiedliche Einstellungen.

Das ganze dauerte ungefähr ein Vierteljahr.

Im letzten Jahr – im September im Urlaub - sind meine Partnerin und ich wieder aufeinander zu-gegangen.

Ich habe mich beim ersten Kontakt mit einem Verlag mit einem Dr.-Titel angemeldet. Ich be-komme immer noch die Briefe unter der Firmierung „Dr. Peter ....". Manchmal hatte ich mich sogar als „Prof. Dr. Dr." ausgegeben. Mir fehlt manchmal die Einsicht, daß dies Betrug und Hochstapelei ist. Ich bin der Ansicht, daß das mit meiner tiefen Psychose begründet ist.

Über tredition

Der tredition Verlag wurde 2006 in Hamburg gegründet. Seitdem hat tredition Hunderte von Büchern veröffentlicht. Autoren können in wenigen leichten Schritten print-Books, e-Books und audio-Books publizieren. Der Verlag hat das Ziel, die beste und fairste Veröffentlichungsmöglichkeit für Autoren zu bieten.

tredition wurde mit der Erkenntnis gegründet, dass nur etwa jedes 200. bei Verlagen eingereichte Manuskript veröffentlicht wird. Dabei hat jedes Buch seinen Markt, also seine Leser. tredition sorgt dafür, dass für jedes Buch die Leserschaft auch erreicht wird

Autoren können das einzigartige Literatur-Netzwerk von tredition nutzen. Hier bieten zahlreiche Literatur-Partner (das sind Lektoren, Übersetzer, Hörbuchsprecher und Illustratoren) ihre Dienstleistung an, um Manuskripte zu verbessern oder die Vielfalt zu erhöhen. Autoren vereinbaren unabhängig von tredition mit Literatur-Partnern die Konditionen ihrer Zusammenarbeit und können gemeinsam am Erfolg des Buches partizipieren.

Das gesamte Verlagsprogramm von tredition ist bei allen stationären Buchhandlungen und Online-Buchhändlern wie z. B. Amazon erhältlich. eBooks stehen bei den führenden Online-Portalen (z. B. iBookstore von Apple) zum Verkauf.

Seit 2009 bietet tredition sein Verlagskonzept auch als sogenanntes "White-Label" an. Das bedeutet, dass andere Personen oder Institutionen risikofrei und unkompliziert selbst zum Herausgeber von Büchern und Buchreihen unter eigener Marke werden können.

Mittlerweile zählen zahlreiche renommierte Unternehmen, Zeitschriften-, Zeitungs- und Buchverlage, Universitäten, Forschungseinrichtungen, Unternehmensberatungen zu den Kunden von tredition. Unter www.tredition-corporate.de bietet tredition vielfältige weitere Verlagsleistungen speziell für Geschäftskunden an.

tredition wurde mit mehreren Innovationspreisen ausgezeichnet, u. a. Webfuture Award und Innovationspreis der Buch-Digitale.

tredition ist Mitglied im Börsenverein des Deutschen Buchhandels.

Zeitfracht Medien GmbH
Ferdinand-Jühlke-Straße 7
99095 Erfurt, Deutschland
produktsicherheit@kolibri360.de